大海我閣來矣

王羅蜜多——著

李瑞騰——主編

【總序】不忘初心

李瑞騰

　　一些寫詩的人集結成為一個團體，是為「詩社」。「一些」是多少？沒有一個地方有規範；寫詩的人簡稱「詩人」，沒有證照，當然更不是一種職業；集結是一個什麼樣的概念？通常是有人起心動念，時機成熟就發起了，找一些朋友來參加，他們之間或有情誼，也可能理念相近，可以互相切磋詩藝，有時聚會聊天，東家長西家短的，然後他們可能會想辦一份詩刊，作為公共平台，發表詩或者關於詩的意見，也開放給非社員投稿；看不順眼，或聽不下去，就可能論爭，有單挑，有打群架，總之熱鬧滾滾。

　　作為一個團體，詩社可能會有組織章程、同仁公約等，但也可能什麼都沒有，很多事說說也就決定了。因此就有人說，這是剛性的，那是柔性的；依我看，詩人的團體，都是柔性的，當然程度是會有所差別的。

　　「台灣詩學季刊雜誌社」看起來是「雜誌社」，但其實是「詩社」，一開始辦了一個詩刊《台灣詩學季刊》（出了四十期），後來多發展出《吹鼓吹詩論壇》，原來的那個季刊就轉型成《台灣詩學學刊》。我曾說，這一社兩刊的形態，在台灣是沒有過的；這幾年，又致力於圖書出版，包括同仁詩集、選集、截句系列、詩論叢等，迄今已出版超過百本了。

　　根據白靈提供的資料，2020 年將會有 6 本書出版：

一、截句詩系

　　　　新加坡詩社　郭永秀主編／《五月詩社截句選》
　　　　蔓朵／《舞截句》

二、台灣詩學同仁詩叢

　　　　王羅蜜多／《大海我闖來矣》
　　　　郭至卿／《剩餘的天空》

三、台灣詩學詩論叢

　　　　李瑞騰主編／《微的宇宙：現代華文截句詩學》
　　　　李桂媚／《詩路尋光：詩人本事》

　　截句推行幾年，已往境外擴展，往更年輕的世代扎根了。今年有二本，一是新加坡《五月詩社截句選》，由郭永秀社長主編；一是本社同仁薏朵的《舞截句》。加上 2018 年與東吳大學中文系合辦「現代截句研討會論文彙編成《微的宇宙：現代華文截句詩學》，則從創作到論述，成果已相當豐碩。

　　「台灣詩學詩論叢」除《微的宇宙：現代華文截句詩學》，有同仁李桂媚的《詩路尋光：詩人本事》。桂媚寫詩、論詩、編詩，能靜能動，相當全方位，幾年前在彰化文化局出版《詩人本事》（2016），前年有《色彩‧符號‧圖象的詩重奏》納入本論叢（2018），今年這本「詩人本事」，振葉尋根，直探詩人詩心之作。

　　今年「同仁詩叢」，有王羅蜜多《大海我閣來矣》主題為海，全用台語寫成；郭至卿擅長俳句，今出版《剩餘的天空》，長短篇什，字句皆極精練。我各擬十問，讓作者回答，盼能幫助讀者更清楚認識詩人。

　　詩之為藝，語言是關鍵，從里巷歌謠之俚俗與迴環復沓，到講究聲律的「欲使宮羽相變，低昂互節，若前有浮聲，則後須切響」（《宋書‧謝靈運傳論》），是詩人的素養和能力；一但集結成社，團隊的力量就必須

出來，至於把力量放在哪裡？怎麼去運作？共識很重要，那正是集體的智慧。

　　台灣詩學季刊社將不忘初心，在應行可行之事務上全力以赴。

王羅蜜多答編者十問

李瑞騰

1、你之於大海，從年輕時期的充滿恐懼，到以整本台語詩集（百首）詠歌之，成此「海頌」。其變化之軌跡如何？

答：

　　孩童時期，見過村裡的叔叔從河邊扛回溺水死亡的兒子，蒼白帶紫的裸身，俯懸在褐色透紅的農夫肩膀上，對水的恐懼，已潛藏在意識底層。父母也因而告誡勿近水域。但一直到大學畢業都還是旱鴨子的我，卻在入伍時抽籤派到外島蛙人隊。雖是政戰職務，但一段短期訓練的過程，就讓我終身難忘。記得初次下水，由兩名訓練班長押上小艇出海，而且聲稱愈遠愈深浮力愈大。他們把我帶到幾百公尺外，合力抬人丟下海，就把船開走了。還不會游泳的我，在海上經過仰漂、載浮載沈，然後「酒矸仔泅」下沈。被拉上船時，吐出黃綠胃液，幾乎暈死過去。這種訓練現已禁止使用，但在早期咸信是快速有效的方式。另外，隊上有兩名士兵在海上訓練中死亡，為國捐出的軀體化成灰，裝罈送回基隆碼頭交家屬。這些都使我對大海的恐懼深植心中。但當年，大海的寬闊美麗，夏日在海中浪遊的自由舒爽，尤以午休時漂浮在海邊「坐海觀天」的舒暢，永遠存留在記憶裡。

　　幾十年來，早已不去談論思考這段關於海的悲喜。

　　退休後，年齡漸長骨質疏鬆，使我的運動方式從打球、登山、越野單車，很快退化到以散步為主。有陣子常在公園、街道、湖邊走動，但踅鈴瑯的方式終是無趣，後來突然想起「大海」。這令我恐懼又喜愛的大海，倏然靈光一現，此後便揮之不去了。

　　多年前加入吹鼓吹詩論壇，開始大量書寫。起先常是繞著新化虎頭埤散步，像寫湖濱散記，發想了很多詩作。後來因住家遷到府城，經常是騎著老鐵馬四處遊走，文學變成日常，而我也離西海岸愈近，有時一不經心，就騎到安平海邊了。有一陣子，大海幾乎成為我晨昏定省的親人。

2、詩以台語寫之，更貼近孩子對母親的傾訴。你覺得從感受到語言表達，從語言內涵到文字承載、到讀者接受之間，做得到「無縫」嗎？

答：

　　大海我閣來矣！包含與母親的對話，自己對話，與神對話。對話的情感表達是兒女，是心靈的原初，對話的方式接近自言自語，其間意識的流動

並不模糊，而且經常貼近生活現實。

　　大海我閣來矣的言語多是自然釋放，少有刻意經營以及雕修詞句的痕跡，因為趨近自然，思緒在心海迴盪盡後，很自然就以母語流溢出來。

　　我以母語創作為主，已有五年了。在這之間，小說，散文，新詩，報導文學都有涉獵，其中以新詩數量最多。

　　文學日常，是我的創作理念。我的作品經常是「現流仔」，不管在街上，在湖邊，在海濱，經常是用手機隨想隨寫，隨時 po 在臉書上，如發現不妥，再加以修改。這些台語文字，成為散文或散文詩或分行詩，任憑感覺流動，並不刻意為之。所以，大海我閣來矣，一百餘首，是四年之間斷斷續續，發表在臉書作品的集結。

　　不諱言，目前的台語文字使用借用，有諸多爭議。即使是教育部閩南語字典，也有些被質疑的用法。而在臉書發表時，也會有文友表達看不懂文字的困擾。對此我也了解，一般台語分行詩，因文字淺白，字數較少，尤其用做歌詞，通常能半讀半猜而融會貫通。但較長篇的文字就難免有困難。就此，我通常不用古老難解的字詞，而借用字不妥時，干脆就使用羅馬

拼音。對母語文學的表達,我是傾向符應生活習慣,約定成俗的使用,並不反對各時代產生的語言影響和改變。當然這部分持續在努力中,也帶著期待,盼望將來有更多人能清晰閱讀像這樣的台語長詩。

3、這百首海詩分大小海,皆編號,其「序」有情感或意義的編排嗎？

答:

　　前面曾談過,這一百多首詩生發在日常生活中,喝咖啡,飲紅茶時,坐在超商外面的木椅時,甚至,在海邊的礁石上就寫起來了。而且書寫的方式是,直接打入手機貼在臉書上,是「現流仔」。所以,雖然最後十幾首的小海、大小海,出現刻意變換不同角度的對話,基本上,每首詩都按臉書上的順序排列,完全未改變。它們顯示了大海不同的地理位置、時刻、天候,以及我變化中的心情思緒。

　　所以,〈大海我閣來矣〉一百多首就只有編號而無另立題目。追查究竟,其實,它是一湧連一湧,一天又一天連綿不停的對話,也像似一種修行

的過程。它是一首區分百餘段落的長詩。

4、你的每一首詩都有畫面，如果你用百幅海圖去對應完全一致的素材和感受，你會如何擬定這個創作計畫？你曾說，你的畫屬「超現實」以及「抽象表現」，適合用來表現對海的受想嗎？

答：

　　就讀淡江大學時，畫了一百多件淡水河水彩畫。同樣是水流，海的感受大異其趣，同時也隨著生命歷程而有不同體悟。

　　2016 年 5 月，開始在臉書發表大海我閣來矣系列，每日一首，甚或二三首，頭句相當一致，像對至親好友的問候語。寫到三十首時，我同時用幾個月時間畫了海洋系列，三十餘件油畫作品，在藝術空間展出，也幸運的賣出十餘件。這批作品，以超現實為主，但並未刻意去應對臉書上的大海詩系列。

多年來，我的畫風大多在超現實和抽象表現之間流轉，也時常使用自動性技法。有人認為，詩如其人畫如其人，或說詩中有畫畫中有詩，似乎詩人同時兼畫家者，詩與畫必然顯現相似的情境語法。

依我長期的體驗，一些非現實圖象在心靈基底浮現，與詩的起頭相當類似，於此，兩者都與作者的心境相關連。但是，以色彩線條，或以字為媒介，兩者的自由度差異甚大。抽象畫作，觀者並非一定要理出頭緒，而是從色塊線條顏色空間的組合，即可賞讀美感。但文字創作，如用自動性技法處理，讀者可能不知所云。

繪畫和文字創作，不單上述的差異，而且前者多少會考慮到商業性，除非他是畫商買家追逐的紅牌。

或許能敞開心胸，追求自由，把諸般限制拋諸腦後。

而即使如此灑脫，要用繪畫去符應與詩同樣的情境感受，對我而言，應是自尋煩惱。所以並不會去擬定這樣的創作計劃。

5、孟子的「觀於海者」喻指視野和胸襟的寬闊超脫，晚清劉鶚藉老殘之夢中觀海，卻見帝國末世之危殆與蒼茫。顯見觀者才是關鍵，《大海我闊來矣》，「我」之於大海，怎樣看，怎樣愛，還是要回到「我」這個主體，以及不一樣的海。不是嗎？

答：

　　大海隨著日出日落，四季天候，晴陰風雨，而有各種變化。而人的心情也隨著生命際遇，生活情境而有起伏。但一般人的習慣，常是在心情欠佳時，想要去看看海，因認為大海寬廣，可使人拋下煩惱，雖然有人還是想不開而跳海了。

　　我有個畫友名為霧派，有次他帶了初識不久的女友去看海。

　　霧派指著大海說，妳看到什麼？

　　女友回答，大海好寬闊，好美麗，讓人心情好舒暢。

　　霧派搖頭說，我什麼都沒看見。

不同心境，差異甚大的思考模式，雞同鴨講的對話，在海浪的沖刷下，兩人很快就分手了。

大海我闆來矣，是長期的連作，跨過四個年度。同樣的心靈基底，不同的心情起伏，同樣的渺茫大海，不同的天候變化。其間的對話，有時也難免墜入竊竊私語，自言自語，愛恨情仇，而不自知。但最終總是回到愛戀與喜悅，而維持相當長久的交往與對話。

另外，因這幾年正好是我甫從職場退休的前幾年，心情突然比以前輕鬆很多，而且交往的對象，從職場，利害關係的朋友，轉變為大量的文友同好，我之於海，海之於我，便也相看兩不厭了。

6、作為佛教徒，對於大海在佛教經義中的意涵，或許可以多作一些了解，《海八德經》稱海有八德，以喻僧伽之德。《普門品》的「五音」中有「海潮音」，太虛法師辦《海潮音》月刊，他說「海潮音非他，就是人海思潮中的覺音。」詩人觀於海者，形狀聲色諸象，皆有其意，如何而有「覺」──不只自覺，還要覺他，非常重要。

答：

　　大海可以有諸多想像，佛教經典以大海的特性加上想像，比喻僧伽之德，貼切而容易了解。在台南至高雄的西海岸之間有七個鯤鯓，引喻沙洲在海上遠觀有如鯨魚背部。不僅大海自身，他的周邊生態也令人充滿想像，同時加入對話之中。在大海我閣來矣當中，愛海及於海岸生態，而對工業與垃圾場的侵入多有批判。多年來，在海邊四處遊走，常穿梭在豐富的防風林中，也經常看到堅強的沙灘植物與天搏鬥，並引發諸多感悟省思。

　　曾好幾次，在美麗的海邊防風林行走，竟突然遭遇大量惡意棄置的垃圾，人類之自私和大海的寬容，瞬間形成強烈對比。在本書的第二輯中，便有好幾篇屬於這類的諷刺與勸誡。

　　當然，大海我閣來矣的動心起念，是自然產生，而非計劃性書寫。所以其中有些自覺而試圖覺他的部分，也是在觀海，愛海的過程中所見所思，自然衍生，而非刻意安排。

7、這當然是海洋詩、海洋文學了。意識到文類問題，可開啟更多元的思路。你是否曾有過相關的思考？

答：

　　國內有不少優秀的海洋文學作品，書寫的位置和切入角度各異其趣。包括從海邊望向海，觀看大海及四周，在海面航行，泅行，潛入海中觀看生物，還有觀察海洋殺戮等。有些以寫實的方式來描述，報導，有些以想像，虛擬來寫作。大海我閣來矣，大都是經常在大海四周遊走，以心靈對話方式釋發的，類似頌詩。隨時隨地「現流仔」書寫貼在臉書的過程，是自由隨興，而不在意文體的。有時寫出分行詩，有時寫出散文詩，有時，幾乎就是散文了，憑感覺來進行，並不刻意約束創作方向。

　　不過，經過大量類似頌詩的書寫後，也曾有不同文類書寫的發想。在編者十問的逐次回應中，也令我重新把作品用不同角度來審視，思考不同的創作方式。於此，我最先想到的是小說。年歲漸長，我幾乎已不下水了，穿越大風浪，深潛水中的種種只是遙遠的回憶。但假如用小說來虛擬想像，就可以無深弗潛，無遠弗屆了。這也是個夢想。我發憤寫作，就像退休前開始的另一春，但宥於年齡和體力，難免有時不我予的感覺。

8、每首詩的形體有分段分行自由體,有分段散文體,採取第一身「我」向「汝」(你,即海)敘說,全詩首句「大海,我閣來矣。」「矣」這個語末助詞有很多變化,「啦」、「了」、「呦」、「呃」、「哩」、「喔」等都是。有時「我」改用「阮」;「大海」之後有的有句點。請告訴我們你的考慮。

答:

前面談過,大海我閣來矣,幾乎每首是隨興而發,即興寫就,在文體形式使用,幾乎自由遊走。這種書寫不為稿約,不為競賽,想寫就寫。

所以,即使是語末助詞,標點符號使用也是憑著感覺走,沒有是否精準適用的考量。比如,「啦」、「了」、「呦」、「呃」、「哩」、「喔」等,有些已不是台語用語,但因「矣」字使用太過頻繁,即使寬容性很高的大海,聽久了也會膩、會累,所以偶爾變換一下,就當是撒嬌吧!

還有「阮」和「我」,感覺上親膩程度有別,也是順著心情變化,以及要訴說內容的情感來使用,但也非用心刻意考量。另外,我特別鍾情於台語「汝」「伊」兩字的使用,因它們感覺上超出性別,使用在人物動物有形無形的表達上,都有自在的感覺。最後,首句對大海的問候語,有標上句點。

這是因有些對話，在問候之後即速連結下去，而有些是頓一下，吞了口水，再繼續進行。算是率性而為。

9、有關大小海的相對關係，能否再多說一些？

答：

大海我闊來矣，一連串綿延的書寫，總有意猶未盡的感覺。後來演變出小海我闊來矣，是始料未及，也是深入童年與原初心理層面的開端。

宛如大梵在我之中，我在大梵之中。大海與我的對話，最後一直趨近人神關係。但無可諱言，在宗教學研究期間，宗教心理學的論述對我產生很大影響，時常在思考上，文學創作上，會不自覺就進入這層面。

是否，小海我闊來矣的衍生，大小海的相對關係的書寫，算是這首長詩末尾的伏筆，爾後，或者會由此開啟另一系列綿延的訴說吧！

10、關於海，你還會續寫下去嗎？

答：

我對大海的情感是永無止境。

2019 年起，因進行國藝會的創作補助案「台灣阿草—台灣史蹟草木台語詩集」，在本島與外島各地踏查，拍照，旅行寫作。其間，也去了很多出海口。這些從島嶼中心奔馳出來的河流，最終都歸納於大海。在佛說海八德經中，也引喻為僧伽八德之一。

走往海口的行程很辛苦。因那裡通常是沒落廢棄的荒涼之地，交通不便，日頭赤焱。但當我走到海口時，河與海的關係，很自然就讓我意亂情迷，加入他們的綿綿絮語了。在史蹟草木台語詩集中，我寫了一些出海口，包括關連到詩人楊牧的花蓮美崙溪出海口，在詩中，我寫下詩人，海口，燈塔，海邊植物的對話。

對於大海，我還會繼續寫，只是大海我閣來矣，這一系列的對話頌歌，算是告一段落了。坦白講，現在心裡正醞釀的，是一篇台語短篇小說。

話頭

台南安平觀夕台附近海岸／王羅蜜多攝

寫予大海的情詩——
讀王羅蜜多詩集《大海我閣來矣》

向陽

詩人／評論家／大學教授

一、

　　舊年（2019）台文館舉辦的「台灣文學獎」公布，王永成用伊創作的長詩〈布袋〉得著創作類台語新詩創作獎。伊的筆名號做王羅蜜多，誠奇巧，聽講是伊愛讀《心經》，有真深的感觸佮提升，所以將本姓參《心經》相佮結合取的名。自遮咱就會用得看出，伊的創作應該嘛有《心經》的啟示藏佇內底。

　　〈布袋〉這首長詩用 40 節的篇幅，寫伊對老父的數念，詩作透過已經過身的「阿爸」的一生，寫囝兒綿綿的追思；詩逝之間，嘛帶出戰後台灣政治、社會佮經濟發展的事件，寫出台灣人共同的記持，是一篇感情燒烙又閣充滿歷史感的好詩。佇這首長詩的落尾，詩人按呢收煞：

　　　　阿爸，我欲共詩放水流
　　　　予規个大海攏讀著
　　　　予規天頂鳥隻攏聽著
　　　　閣予雲尪
　　　　紮去上帝的身邊

「欲共詩放水流／予規个大海攏讀著／予規天頂鳥隻攏聽著」，將「阿爸」的一生參大海、天頂相佮連結，綿綿的思念放予長流水，這是偌爾予人感動的情境。

王羅蜜多這幾若冬來得獎無數。伊自 2009 年開始佇網路發表詩作，主要的場所是「吹鼓吹詩論壇」、「喜菡文學網」，伊的作品手路真幼，真緊就得著網路的注目；而後伊寫詩參加詩獎，又閣受著濟濟評審肯定，除了進前提過的台灣文學獎以外，伊猶閣提過台文戰線文學獎、閩客文學獎、台南文學獎、乾坤詩獎、金車詩獎……等等大大細細的獎項。文類毋但有詩，小說、散文嘛攏得過；伊寫華語文，嘛寫台語文，兩種無相仝的文字，伊攏真綴拍。

講伊大隻雞慢啼嘛會使得。 1951 年出生的王羅蜜多，出版第一本詩集《問路 用一首詩》（台北：釀出版，2012）的時，已經 61 歲，伊的高中同學、已故詩人羊子喬替伊寫序文，就用〈花甲之年的詩語〉做題目，呵咾彼當陣伊的詩「充滿抒情性」、「意象鮮明」、具備「人生的哲思」。自第一本詩集出版到今，紲落來伊閣有《颱風意識流》（台北：秀威，2014）、《王羅蜜多截句》（台北：秀威，2017）、《鹽酸草》（台北：秀威，2017）、《日頭

雨截句》（台北：秀威，2018）等遮的詩集問世，連這本詩集《大海我閣來矣》總共七本詩冊。差不多是一年出一本，伊的創作力嘛真驚人。

二、

《大海我閣來矣》這本詩集，寫海，大海小海攏寫入冊內。

王羅蜜多佇詩集話頭〈做伙來愛大海〉講伊「四常共大海寫入詩、散文、小說，寫做報導文學，用華語，用台語，也用各種語言透濫。其中，台語詩上濟。」《大海我閣來矣》是伊自 2016 年到 2019 年中累積落來的系列詩篇：

> 自 2016 年 5 月 27 日佇面冊發表「茶話」開始，源源不絕，一波接一波，一湧紲一湧的「大海我閣來矣」系列，半年內累積三十外首台語詩，也陸續佇刊物發表，中間停一站仔，2019 年中間，閣再大量書寫，終其尾完成一百首。遮的詩語，毋管散文式的，平行的，總是順其自然，對心靈底蒂浮現，迸發出來。

　　「順其自然，對心靈底蒂浮現，迸發出來」，會用講是伊這本詩集重要的魂魄。因為「順其自然」，這一百首詩篇攏是伊佮大海、小海對話的心內話，純真自然，毋免傷過頭 shiage（潤飾，日語，台灣外來詞）；因為是來自「心靈底蒂」的心聲，所以嘛充滿人佮大海對相對看的啟示──這攏是王羅蜜多自寫詩以來上捷用的手路，順手寫來，攏含帶詩情畫意。伊寫海的貓霧光、海湧，寫海面的日頭光、海邊的黃昏時，嘛寫沙埔面頂的漂流木，連沙塗頂的淺拖仔、空酒矸仔嘛攏「無放伊干休」。

　　這檢采和伊是一個優秀的畫家有關係。猶未寫詩進前，伊就是國內外誠出名的畫家，自 2000 年就辦過袂少場個展，作品有真濟收藏家咧收。這佇伊的詩篇內底構成一個要素，予伊的詩有鮮沢的畫面（意象）、色水，會當引起讀者的共感。比如這首〈大海 004〉：

　　　大海，阮閣來了。
　　　今仔日是汝的大生日
　　　汝規个胸坎鑽石帔鍊
　　　歡頭喜面閃閃爍爍

海鳥一隻一隻飛來矣
海魚一尾一尾浮頭矣
眾神佇汝的身邊踅來踅去
烏雲一蕊一蕊走去覕
日頭公也目睭攏無 nih
毋知落山，一直看汝

只有阮，只有阮
坐佇壁邊，佇燒燙燙的塗沙面頂
等袂著單獨佮汝講話的時，只好
紮兩个蚵仔殼佮一束欲送汝的花
恬恬倒轉去

等汝有閒的時陣
才閣來揣汝。

　　用「規个胸坎鑽石袚鍊」描寫海面予日頭光照著的嬌，讀來閣有「嬌噹噹」的感覺。第二段用「海鳥一隻一隻飛來」、「海魚一尾一尾浮頭」、「烏雲一蕊一蕊走去覘」、「日頭公也目睭攏無 nih」寫海景，就若親像一幅圖全款，影人的目。第三段共看海的「阮」寫落去，講因為等袂著佮海講話的時，只好紮兩个蚵仔殼佮一束欲送的花「恬恬倒轉去」，用情誠純誠深；尾句兩逝「等汝有閒的時陣／才閣來揣汝。」會用講是神來之筆，共這首看海詩的心情收束佇「意在言外」的境界內底。這不過是一百首詩篇中的一首，類似遮爾好的詩思，規本滿滿是，我就免加講矣。

　　閣來，王羅蜜多也是一位誠勢使用圖像譬論哲學思維的詩人，〈大海 006〉是一个例：

　　大海我閣來嘞。

　　我坐佇巨神像下面，鹹纖的風位跤縫歊過。
　　我徛佇防風林內底，青翠的風吹甲頭毛颮颮飛。

　　我行佇木造的小路頂頭，唉，伊的身軀予烘肉的彼種人燒幾若空。汝想欲共撫撫咧，毋過風一直歁袂入來，干但佇外口嘛嘛吼。

　　想著可憐的大海，我的目屎滴落來。

　　佇這首詩內底，伊用「坐」、「徛」、「行」、「想」四个動詞，寫我參海對相的四種姿勢，若親像《心經》用五蘊（色、受、想、行、識）來點破「色即是空，空即是色」的道理。色是外緣，是人的身軀，是外在的物質世界（比如海）；受、想、行、識，是人的內心，是內在的心靈世界。我看海，體悟出色攏是空，空嘛攏是色。這就是這首詩想欲點出來的重點，「鹹纖的風」、「青翠的風」、「一直歁袂入來的風」，加添予海佮看海的我閣較大的悲傷，收佇「我的目屎滴落來」，成做「大海佮我同悲」的境界。這類含帶哲思的詩篇，佇這本詩集內底嘛袂少。

三、

　　我誠歡喜會當佇猶未出版進前，就提早拜讀王羅蜜多寫的這本《大海我閣來矣》。收佇詩冊內底的 100 首短詩，宛然是 100 幅彩圖，有 100 款景

致，這冊但是王羅蜜多寫詩多年的精品，嘛是台灣詩人用台語寫台灣四箍圍仔海景的重要詩集。伊共咱捷捷看著的海寫到遮爾入味，予咱看得遮爾入神，是誠無簡單的代誌。

這是一本寫予大海的情詩。王羅蜜多佇 100 篇連作的起頭句，攏用「大海我閣來矣」的類似句法切入，毋管是「大海我閣來呦」或者是「大海我閣來嘞」……，種種的變化，總是伊對大海想欲傳達的深深的意愛，就像伊佇話頭所講的按呢：

> 幾若年來，我將西海岸的愛，進一步淡向島嶼的四箍輾轉，彌陀溪口，
> 北港溪口，基隆和平島，宜蘭頭城海邊，鵝鑾鼻海岸線，台東金崙，澎
> 湖林投海沙灘…… 無仝的海岸，海面的笑容無仝，海湧也吼無仝聲。
> 這款的行踏，已經參運動身體無關矣，這種行程，會一直繼續落去。

王羅蜜多對海的用情遮爾仔深，遮爾仔綿死綿爛，期待伊繼續寫落去，替咱寫出台灣海洋的百樣嬌、千種艷、萬款嫵。

百面千嬌的有情大海——
論王羅蜜多《大海我閣來矣》的多面抒情性（評序）

胡長松

小說家／第 38 屆吳三連獎文學獎得主／台文戰線雜誌社社長

　　我頭一回讀王羅蜜多《大海我閣來矣》詩稿的時，頭殼內雄雄出現德國浪漫派詩人 Heirich Heine（1797~1856）佇 1825~1826 年之間所發表的組詩〈北海集〉，全款是書寫大海，篇幅嘛相當。我提起這个初初讀詩的印象，並無意對這兩抱作品做比較，主要是因為我真緊就發現，《大海我閣來矣》這本詩集，完全是以海為對象的題材佮集中的詩逝，佇台語詩可能並無前例，佇台灣的中文詩創作嘛是誠少看著的。毋過，伊寫的雖然是 21 世紀台灣的海，卻有西洋 19 世紀初期浪漫主義抒情詩做先例，甚至若共這本詩集囥佇這个文藝流派的根脈去理解，按呢嘛是真四是的。

　　講伊是浪漫主義抒情詩，主要因為詩的本身並毋是針對大海的各方面做大規模寫實的描寫，是用頌歌的型式，共詩人內心的各方面投射佇大海。詩句是詩人對大海講話，詩人的氣口，自然反映出大海的形象，有時是愛人、有時是親人、有時是母親、有時是朋友、有時是先知、有時是神明、等等。按呢，詩句裡的大海，就成做詩人精神「實體」的化身。這个寄身佇大海的「實體」內面，就是詩人佇愛情、親情、鄉情、人生、理想、宗教、性命、生死……等等的各方面，充滿自由、誠懇、親密、崇高的語詞特

色，尤其落實佇台灣的鄉土、歷史佮社會人生的背景，予讀者感受著詩句內面的大海，是完全一个有台灣人靈魂的愛人，抑是友情堅固的朋友。下底的這首詩會當真簡單看出詩人佇這本詩集的語詞特色：

大海 055

大海，我閣來啦

汝看，沙崙頂彼欉吐血絲，穿金黃色長洋裝，逐工海呀海呀，船呀船呀，等情郎。

伊的頭毛予海風吹甲像痟雞婆，伊的珠淚漩出一窟水。

汝斟酌看，伊的愛情敢是有各樣。比如花開一半就結子，比如看著咸豐草、海埔姜，隨走倚來，攬領頸，絞身軀，予人袂喘氣。

規海邊的花草攏掠狂矣，汝看欲按怎？大海

　　這首詩第一段的「大海，我閣來啦」是詩集逐首詩起鼓的共同頌詞，親像西洋音樂裡的動機樂句。第二段的幾逝，用台灣（台南）海埔的各種植物，舖排出充滿色緻的海景，「穿金黃色長洋裝」這句是引典，文字的背景就是〈安平追想曲〉的歌聲，予咱想起荷西時期的古歷史，大歷史的內面，有小小男女無奈的戀情。這種種，攏是典型浪漫抒情詩的手路。這首詩有美麗幼路的歷史情懷。大海，佇遮成做久長 400 年歷史的參與者、見證者佮陪伴者。詩逝雖然無幾逝，毋過壓縮甲真成自然，視覺、聽覺佮觸覺相透濫，顯出詩人營造詩句的大技術，讀著非常心適，嘛誠有畫面。

大海 004

大海，阮閣來了。
今仔日是汝的大生日
汝規个胸坎鑽石被鍊
歡頭喜面閃閃爍爍

海鳥一隻一隻飛來矣
海魚一尾一尾浮頭矣
眾神佇汝的身邊踅來踅去
烏雲一蕊一蕊走去覕
日頭公也目睭攏無 nih
毋知落山，一直看汝

只有阮，只有阮
坐佇壁邊，佇燒燙燙的塗沙面頂
等袂著單獨佮汝講話的時，只好
縖兩个蚵仔殼佮一束欲送汝的花
恬恬倒轉去

等汝有閒的時陣
才閣來揣汝。

　　這首詩完全表現出詩人對愛人女神彼款講話的氣口。「汝的大生日」、「鑽石袚鍊」、「歡頭喜面」是用人的形像描寫大海。這个人伊毋是普通人，因為「海鳥一隻一隻飛來矣／海魚一尾一尾浮頭矣／眾神佇汝的身邊踅來踅去」，詩人按呢寫，賜予這个形象一種崇高性。予咱對詩裡看著詩人所意愛、呵咾、頌讚的大海，假若就是一位美麗的女神。按呢，詩內面的情愛就毋但是世間普通人的情愛，閣有一款神聖的氣味。「等袂著單獨佮汝講話的時」這句，暗示這款神聖、崇高是偃得倚近的，毋過詩人猶是想欲「紮兩个蚵仔殼佮一束欲送汝的花」來致意，最後的彼句「才閣來揣汝」，表明詩人內心的堅持。對這首詩，咱隨就通發現，詩人對崇高大海的情意，毋比世間男女，其中有一種「純潔」的本質。閣進一步來講，這个「純潔」，是人面對「神聖」的時才會出現的。佇台灣人的精神，這款純潔當然是寶貴的，咱干焦透過優秀的詩歌，才有通共這个純潔性保留落來。翻頭看，嘛是因為詩人精神的純潔，「神聖」才會當佇大海的形象裡實現。

大海 023

大海我閣來 ànn。

汝看，佇我頭前閣頭前的進前，愛情一步一步伐過去，一跤是水，一跤是沙。

大海上知影，恁的愛情一爿是危險，一爿是幸福。Gông-gông 的跤步啊，敢知大海的進前就是退後？敢知眠床年久月深已經塌一窟？

大海上知影，幸福或是無幸福的一對，正跤雖然還踏佇眠床，終其尾，總嘛是愛褪赤跤行完伊的人生。

彼時陣，大海ànn，汝暝日的經識，勝過恆河億萬沙！

　　這首詩所反映出來的，是大海「智慧先知」的形象，對這內面，詩人想欲追求的，是超越時空的「永恆」佮「全知」。詩人寫「愛情一步一步伐過去，一跤是水，一跤是沙」，沙是用來建構的物質，水是沖走建構的物質，海裡兩者攏有，所以「大海上知影」。佇這首詩裡，大海就是全知者，伊知影「恁的愛情一爿是危險（水），一爿是幸福（沙）」，伊嘛知影所有「幸福

佮無幸福的一對」最後「總嘛是愛褪赤跤行完伊的人生」。現實中，大海當
然只是受造的物質世界，毋過，詩人佇遮共伊對永恆者的想像囥入佇大海
的形象，予大海成做永恆者的象徵，嘛予詩句，成做詩人佇永恆者面前思考
永恆的跤跡。

大海 033

> 大海我閣來矣
> 這回咱約會的所在，三鯤鯓
> 是幾若百歲的海翁
> 伊的聲音誠清涼，動作幼 mī-mī
> 伊將歲月藏佇腹肚底，伊猶原
> 是青春的情人
>
> 大海敢知影，汝內心的彼片光明
> 是伊幸福的網紗
> 汝予風雨磨出來的珠淚

是伊紩一身軀的鈕仔
這鈕仔無咧鈕，網紗也隨時褪開
歡迎位四方八達來到的
溫柔的目神

大海，毋通嫌我講話傷膨風唅
逐工伊的龍涎香若抹佇柔軟的尻脊骿時陣
連日頭公嘛會神神、迷迷
位天頂跋落來！

　　佇這首詩，大海成做土地（三鯤鯓）的網紗，營造出青春情人的形象。
「大海敢知影，汝內心的彼片光明，是伊幸福的網紗」這句詩內面是土地
（鯤鯓、台灣）追求光明精神的寄意。「汝予風雨磨出來的珠淚／是伊紩一
身軀的鈕仔」暗示歷史的苦情經歷是土地幸福的鈕仔。「這鈕仔無咧鈕，網
紗也隨時褪開／歡迎位四方八達來到的／溫柔的目神」，進一步暗示土地本
身的包容性。這其中是溫柔女性的形象，所以「連日頭公嘛會神神、迷迷／
位天頂跋落來！」

　　筆者佇遮簡單舉 4 首詩，佇這 4 首詩，「大海」有 4 个無全的形象、4 種無全款的詩人氣口 —— 當然毋是干焦這 4 種，遮的詩只是舉例。對遮的舉例，咱會當初步體會王羅蜜多佇《大海我閣來矣》這本詩集有多面的抒情性，以大海做中心，一重盤過一重，讀起來相當豐沛閣有變化。對台語抒情詩的發展來看，這款多面性的開發，絕對是要緊的一跤步。

　　閣較要緊的是，成做台灣人，當咱面對大海，該當愛有對未來、人生、世界的開拓性的看法，這本詩集，就是咱重要的啟示。咱該當珍惜這本詩集，逐家來讀這本詩集，學習佮海洋、佮未來來對話。

2020/6/25

端午，佇打狗佇家

做伙來愛大海

王羅蜜多

去看大海，有時陣會想著論語雍也篇講的：「知者樂水，仁者樂山」。

窮實我深深愛大海，佮這組成語無底代，而是誠自然的發展。

年過花甲進前，我誠愛 peh 山，一方面是運動身體，減肥，另方面會當欣賞大自然的山石溪溝，樹木景緻，誠心爽。

無疑誤，peh 過兩三冬，當歡喜減肥七公斤，身軀變較束結健抽的時，左爿的跤頭趺綴起疼。就按呢換騎越野鐵馬 peh 小山崙，走公路，四界去。過一冬爾爾，也是袂通。最後一招，就是行路。

講著行路，若是純然佇街路賴賴趖，感覺無蓋趣味，而且車輛濟，空氣無好。有一工，專工開車去安平海邊，佇沙埔頂留落一逝長張張的跤蹄號。海水一湧一湧捒過來，日頭公一襇一襇共拈起來，縫紩珍珠、鑽石、黃金，海風吹來，一堆祓鍊佇我的目睭內跳舞，唸歌詩。

一擺兩擺……漸漸予大海迷去矣，我深深愛著大海。

我愛著伊的貓霧光，伊的日出、中晝、黃昏，伊的好天，落雨，鹹霧水氣。我逐時用手機仔翕海面、天頂、沙埔，翕漂流木，紅色號旗，翕甲連沙

塗頂的一跤雙拖仔，一支空矸仔也有趣味。

閣紲落去，我也愛著海沙埔，防風林的美麗樹木花草。一年四季，有變佮無變的植物，伊的硬掙、生湠，伊的嬌氣，透濫海風的鹹芳，攏予我痴迷。譬如有一工透早，佇沙埔頂雄雄看著，一群海埔姜粉紫色的花蕊，笑微微，兼共我吐舌，予我歡喜的心情連續波浪幾若工，退袂去。

幾若年來，我將西海岸的愛，進一步湠向島嶼的四箍輾轉，彌陀溪口，北港溪口，基隆和平島，宜蘭頭城海邊，鵝鑾鼻海岸線，台東金崙，澎湖林投海沙灘……無全的海岸，海面的笑容無全，海湧也吼無全聲。這款的行踏，已經參運動身體無關矣，這種行程，會一直繼續落去。

無偌久，我發現這種深情的愛，無盡的探訪，已經誠自然湮入文學創作內底。

我四常共大海寫入詩、散文、小說，寫做報導文學，用華語，用台語，也用各種語言透濫。其中，台語詩上濟。

自2016年5月27日佇面冊發表「茶話」開始，源源不絕，一波接一波，

一湧紲一湧的「大海我閣來矣」系列，半年內累積三十外首台語詩，相續佇刊物發表了後，這波的書寫就停落來。2017 年我出版頭一本台語詩集〈鹽酸草〉，就將伊园入去。本底掠準我心肝內戀戀大海的波浪已經恬靜，書寫也告一段落矣，想袂到佇 2018-2019 年中間，猶原念念不忘，往大海行踏的跤跡閣淡到島嶼四箍輾轉，也抛過大海，去外島轉踅。這時陣，我佮大海的對話，一直演變中，我的跤浮浮，也四常飛入超自然的幻境。關聯著神，本真，宗教，心理學的內容陸續出現。終其尾攏總完成一百外首。遮的詩語，毋管散文式的，平行的字逝，總是順其自然，對心靈底蒂湧出來。大海我閣來矣，這陣才是正式告一段落。而且以我對大海的痴戀，單獨來出一本詩集來送予大海，變成擋袂牢的願望。

2020 年正月，終於共作品編輯完成，準備出版。這本冊分做四部份，第一輯「大海我閣來矣」35 首，佮人參大海自然的對話中間，透露出深情關愛，毋甘佮疼惜，也漸漸透濫心事表白，人生討論。第二輯，「大海我猶閣來矣」55 首，佇深情溫馴的對話內底，閣加入愛情親情性命心性，文學哲學，以及對社會的批判圖洗，自我的反省等等，而且杳杳仔開始佮神對話。第三輯，「小海我閣來矣」10 首，回轉去童年純真，借著海水的想像，牽挽無全時空，情感的交插，致使佇身心靈流動當中，湧出回歸伊甸園的肖

想向望。第四輯「海，我閣來矣」3 首，用大小海思考的變換，延續神聖的氛圍。

按呢㤉㤉長的對話，親像海水一波一波滾袂煞，也敢若一種修行靜觀的過程。至於參「智者樂水」的講法是毋是有牽連，就隨人體會矣。總是，毋管咱按怎想，大海原在做伊滾絞，唱歌，一千年一萬年，攏無表示悲傷抑歡喜。

2020/1/17 寫佇大目降畫室

目次

080	大海 018
082	大海 019
083	大海 020
084	大海 021
086	大海 022
088	大海 023
089	大海 024
091	大海 025
092	大海 026
094	大海 027
095	大海 028
097	大海 029
098	大海 030
100	大海 031
102	大海 032

171	大海 073
172	大海 074
173	大海 075
174	大海 076
176	大海 077
177	大海 078
179	大海 079
181	大海 080
183	大海 081
184	大海 082
185	大海 083
186	大海 084
187	大海 085
188	大海 086

輯一　大海我閣來矣

台南安平觀夕台附近海岸／王羅蜜多攝

茶話

「大海,我閣來呦。」

「走出去,就是行入來。

看 ! 遮的骱邊¹沙,來來去去

已經數十年 ! 」

「按呢,汝毋是大海。大海

是我細漢的名字,這馬

叫做,一杯茶。」

---

¹　骱邊:kái-pinn,鼠蹊部。

海邊無陳雷

大海，我閣來矣。

今仔日紮[1] 陳雷的台語小說〈最後 e 甘蔗園〉來矣。

這本小說，拄才出爐的，燒燙燙，芳 kòng-kòng。欲買趁早，燒驚雄。

小說的冊皮是我畫的，冊肉是陳雷精心製作的。

陳雷佇加拿大做醫生，寫過真濟台語小說，內容讀得心頭呯噗跳，目屎四滴垂。

今仔日海邊無陳雷，只是海風翻開這本小說，一頁一頁嘛嘛吼。

---

[1]　紮：tsap，攜帶。

彼的時代，彼條歌，予人憤慨也悲哀。彼條歌，毋是陳雷的〈今仔日風真透〉，而是陳雷的〈海風嘛嘛吼〉！

大海，我欲轉去矣。我直直揀手，一方面共汝，一方面共飛向七股海邊去彼兩隻烏面抐杯[2] 相辭[3]。

---

[2]　烏面抐杯：黑面琵鷺。
[3]　相辭：sann-sî。

大海 002

大海，阮閣來啦

今仔日，汝

親像咧欲揀¹上高潮

一直衝，一直叫

毋過

就是咬阮袂著

可惜……

---

¹ 揀：sak，推。

大海 003

大海，阮閣來了

目睭 bui-bui[1] 看遠遠

佇汝嬌嬌燒燒的身軀頂

有無鱗的魚仔咧泅

這尾魚仔袂曉 tiám-bī[2]，毋免換氣

這尾魚仔雙頭尖尖，腰骨硬硬[3]

---

[1]　bui-bui：睏眼。
[2]　tiám-bī：潛水。
[3]　硬硬：ngē-ngē。

閣兼拖一葩墜腸[4]

伊一定是食汽油大漢的

---

[4]　墜腸：墜 toing。

大海 004

大海，阮閣來了。

今仔日是汝的大生日

汝規个胸坎鑽石被鍊

歡頭喜面閃閃爍爍

海鳥一隻一隻飛來矣

海魚一尾一尾浮頭矣

眾神佇汝的身邊踅來踅去

烏雲一蕊一蕊走去覕

日頭公也目睭攏無 nih

毋知落山，一直看汝

只有阮，只有阮

坐佇壁邊，佇燒燙燙的塗沙面頂

等袂著單獨佮汝講話的時，只好

紮兩个蚵仔殼佮一束欲送汝的花

恬恬倒轉去

等汝有閒的時陣

才閣來揣汝。

大海 005

大海我閣來呦。

這擺我位麻黃仔縫飛入來,無留下一點仔跤蹄號。

汝敢知影夢蝶仙 e 捌講過:

「凡是踏我的跤蹄號來的,我便以我,佮我的跤蹄號,予伊!」

不而過汝的跤蹄號毋是藏佇水裡,就是 uàn-ah 行 uàn-ah 崁落土底。按呢,我是欲按怎踏汝的跤蹄號去找汝咧?

所以這次,我是綴風聲佮海湧來的。請問汝,是毋是會當予我一點仔風波佮水花?我有帶兩支空矸仔來。

大海 006

大海我閣來嘞。

我坐佇巨神像下面，鹹纖¹的風位跤縫歕²過。

我徛佇防風林內底，青翠的風吹甲頭毛颺颺飛。

我行佇木造的小路頂頭，唉，伊的身軀予烘肉的彼種人燒幾若空。汝想欲共撫撫³咧，毋過風一直歕袂入來，干但佇外口嘛嘛吼。

想著可憐的大海，我的目屎滴落來。

1　鹹纖：kiâm siam，鹹而有味。
2　歕：pûn，吹。
3　撫撫：hu-hu。憐惜地觸拂。

大海 007

大海阮閣來呃。

兩个蚵仔殼還汝,花已經蔫[1]去。

「大海阮欲問汝,逐時講真濟話,畫真濟圖,毋過攏無題目,到底為啥物?」

「汝看,石頭佮石頭哩哩硞硞,水湧佮水湧嗤嗤呲呲,還有彼个姑娘面向南方講袂煞,是閣為啥物?」

(大海一个湧伸出來,將蚵仔殼收轉去。)

---

[1]　蔫:lian,枯萎。

大海 008

大海我閣來哩。

昨暝厚眠夢，今旦日袂赴通做伙食早頓，真失禮。

大海汝敢知影，我昨暝夢起汝，頭殼頂的雲尪傱來傱去，恐龍規樹林，親像「侏羅紀」。夢起汝，身軀頂，海翁泅來泅去，煙火四界 bū。夢起汝，腹肚底，龍蝦位龍宮走出來，一隻一隻躡跤尾跳舞，親像「嘉年華會」。

閣夢起彼時陣，汝真想欲歕鼓吹，但是找無風螺。

大海我已經來咧。我的耳仔真大 mī，會使借汝歕，毋免歹勢。

大海 009

大海我閣來 liàh。

我看逐工真濟人揣汝討物件,有人駛規隻船來,有人只想欲網一袋,有人干但愛一个螺仔殼爾爾,像我。

大海汝的肚量誠大,凡是來討物件的,汝攏隨在伊提。聽講肚量大,壽命會較長。祝汝,活甲無限無限濟歲⋯⋯

大海 010

大海，我閣來呃

大海，彼个大橋

逐工 má 佇汝的身軀頂

觸觸叫，kńg-kńg 叫，叭叭叫

有時閣會 khok-khok-tiô

大海，汝真好性地

做汝軟軟仔流過伊的跤縫下

無講半句話

只是，彼群毛蟹仔看袂過

定嘛相準伊的跤腿一直齧

大海 011

大海我閣來嘞

來遮濟擺，已經有人咧講

汝的心情像大海呃

我就越頭指向大海：

恁看，大海眠床邊彼欉麻黃仔

食真濟海風，鹹芳鹹芳，但是無營養

伊生做無青翠無勇壯，癉癉¹閣虛虛

---

¹ 癉癉：tan-tan，發育不良的樣子。

我的心情就像彼欉麻黃仔

袂好額，袂偉大，毋過誠歡喜

歡喜，逐工會當看著大海喇

大海 012

大海我閣來 ǹg

因為落大雨，所以閬[1] 幾若工無來。

大海，我看汝這站予雨水沖[2] 甲虛累累，軟餒餒[3]。

日頭落山就好通歇睏啦，彼愛疼的人嘛應該體會汝的辛苦，疼惜大海。

大海我欲轉去 nā，明仔載是肉粽節，我會綁一捾詩予汝。

我的詩雖然無恁兜的澎湃，嘛閣有臊兼有菜。

---

[1] 閬：làng，間隔。
[2] 沖：shiâng。
[3] 軟餒餒：nńg-kauh-kauh，形容身體疲倦而全身無力。

大海 013

大海我閣來喔

今仔日端午節、肉粽節、五月節、詩人節。真濟文字咧會屈原佮伊抱石頭跳水曲去的代誌。屈原一定真 gâu 洄水,才著抱大石頭。

我無真 gâu 洄水。閣時常會佇眠床頂學洄,狗爬式,自由式,坦敧式,笑天式,尾蝶仔式,但是,我統愛的猶是四跤仔式。

四跤仔式。我定定嘛夢起佇汝的身軀四跤仔洄,跤 thiok 咧 thiok 咧,手掰 [1] 咧掰咧,攑頭,閣會當看著汝胸前的水湧揀來揀去。

四跤仔式,若洄甲忝的時陣,就換徛洄,跤躘 [2] 咧躘咧,會當洄足久。

所以,我統愛洄四跤仔式。

---

[1] 掰,pué,划水狀。
[2] 躘,liòng,踢水狀。

我無真 gâu 藏水沫[3]，四常是藏一下仔，就大氣喘袂離。

毋過，若欲進入汝的內心，我就會入去誠深，藏足久。因為汝的內心有真媠的花園，真水的風景，是彩虹的萬花筒，是魚蝦的天堂。

汝的內心上驚有人揤氣筒，掛四跤仔鏡，穿四跤鞋落去坉踏，去烏白掠。足驚有人去 tiàm 沐佇內底，毋是純為著欣賞，而是想欲破壞。

大海，我的兩捾[4] 詩提來了，一捾臊，一捾素。日頭也將近欲落海矣，我欲轉去囉。祝汝詩人節快樂，我的大海詩人。

---

[3] 藏水沫：tshàng-tsuí-bī，潛水。
[4] 捾：kuānn，提。

大海 014

大海我閣來矣

最近黗黗[1] 的水色，bui-bui 的日光，是一个心悶的季節呃。

想起真早進前佇外島做水兵，真濟人袂泅水，予教官強制揀落海了後，有人酒矸仔泅，有人死囡仔髊，有人拍 phòng 泅，落尾，有人爬上岸，有人用扛的轉來，統歹運的，就莫閣講了。

彼陣，水鬼仔捌共阮講，大海的奶頭真大，拍 phòng 泅，tū 就 tū 死。不如激死囡仔髊，酒矸仔泅，閣會予人救轉來。

---

[1]　黗黗：thûn-thûn，黑黑細微顆粒。

彼陣，水神也共阮講，汜水愛去統深的所在，愈深愈會浮，愈好汜。

水鬼的話較好理解，水神的道理阮想到最近才知影。大海，阮已經知影，汝的子宮是統深的所在，佇彼的所在汜水，目睭瞌瞌，攏毋免姿勢。

大海，因為汝是阮的母親喇。

大海 015

大海我閣來哩

這个蚵仔殼佇桌頂住幾若暝日矣

汝敢知影，伊逐暗睏眠的呼吸

定定會化做藍色的水湧，踮我的

數念頂面畫出汝的形圖

汝敢知影，伊逐个早起，目睭

被日光裣開的時陣，就會趕緊

欲探問窗仔口葉頂的水珠

關於大海的代誌

大海嘍,蚵仔殼是屬大海

無合坐佇桌頂予人看嫷。今仔日

tshuā 轉來還汝,大海

墾丁南灣海岸 / 王羅蜜多攝

大海 016

大海我閣來唔

大雨 pín-piàng 叫，一直拍厝頂，躔[1] 土跤。

大雨是歹囡仔，烏道的，無法無天。

大雨發出千萬支箭射佇汝身軀頂，汝的哀痛攏予伊的幹聲淹過去矣。

毋過汝敢是像孔明草船借箭仝款，等一工好天，就會用日光點火射倒轉去，加倍奉還？汝是有頭腦的，毋是有勇無謀的莽夫啊！

---

[1]　躔：tsàm，踹、踩，用力踢或踏。

大海，其實今仔日我無去。規街路濁糊糊，挂欲生园的樹仔嘛嘛哮，吞食汽油的虎仔猛猛叫 [2]，我無出門。

我只是坐佇畫室，佇幾若張汝的半身像頭前，神神，家己講家己聽，爾爾。

---

[2]　猛猛叫，mé-mé 叫。

大海 017

大海我閣來呢

汝已經睏甲鼾鼾叫，汝的鼾聲是一領黑色的棉襀被，崁佇月娘的目睭皮。

毋過，安平港的水兵精神了，親像夜間復活的博物館（彼塊電影），船艦的電火著起來矣，武器大炮揳出來矣，in 敢是刺客，欲來刺殺大海的？

好佳哉，彼的粗勇兼猛醒的床母活起來囉，伊活起來囉，佇汝的眠床邊顧牢牢，一尊擋萬兵。

大海，汝免煩惱，做汝穩心仔睏。

大海 018

大海我閣來了。

雲若愈薄，汝就愈厚，厚 tut-tut 的腹內是真的，厚甲無法度測量。

雲若愈厚，汝就愈薄，薄縭絲的網紗是假的，偽裝做大海的。

雲光水影是假大海，憖是欲出來欺瞞畫家的目睭。

等待日頭去睏的時陣，虛花閃爍的人生就會收束做一條歌，一條大海吐氣的錄音帶。

這才是真象，毋是印象。

我講歸哺，汝哪攏無應我？大海啊大海！

大海 019

大海我閣來啦！

汝看，頭前的旗軍仔，已經佇遐顫[1] 幾若十暝日嘞，汝嘛共頂面的日頭講看覓，一官半職，或是扮一寡好空的予伊。定佇遐顫，實在誠歹看相。

不而過，嘛無要緊啦，橫直這種攑旗軍仔[2]，顫久就倒落，反來反去，一站仔就換去別跡[3] 顫啦！

大海汝看，敢毋是安呢？

---

[1] 顫：tsún，抖動。
[2] 攑旗軍仔：giah-kî-kun-á，兵丁或指跑龍套的。
[3] 別跡：別 jiah，別的地方。

大海 020

大海我閣來咧

今仔日我有啉淡薄仔,行路攏行袂直

日頭嘛有啉淡薄仔,喙頓紅 hua 紅 huah

海風啉足濟,規工嘛嘛吼

大海,干焦汝,啉較濟嘛袂醉。

大海,是酒國英雄 !

大海 021

大海，我閣來唷

大雨 tshiâng 幾若暝日了

tshiâng 甲天地強欲顛倒反 [1]

tshiâng 甲汝內衫一直勺

勺甲看著肚臍

大海，彼个肚臍嘛親像目睭

予日頭燒燙燙的聲音，驚甲

---

[1] 反：ping。

目睭皮崁起來，目睫毛倒勾 [2]

大海，彼个肚臍嘛親像海蛇仔 [3]

予日頭利劍劍的眼神，看甲跤手虯虯 [4]

大海，我佇汝的腹肚邊，收跤洗手

遠遠，雨水閣佇雲頂大聲喝：回家吧 ！

我目睭瞇瞇，紲看著家己的形影，若像

海蛇仔佇故鄉的水底咧泅

---

[2]　勾：kiu，縮小、收縮。
[3]　海蛇仔，hái-thē-á，水母。
[4]　虯虯：khiû-khiû，蜷曲。

大海 022

大海,我閣來哩。

這擺,我踮跤躡步 [1],想欲偷聽汝的心事。

汝規暝講話哩 lok 叫,聽袂清楚。規暝反來反去,閣親像咧眠夢。佇汝的夢中,我親像看著汝揜 [2] 一張批予海鳥。汝將心事藏佇內底?

---

[1]　踮跤躡步: Liam kha neh pōo,為了不發出聲音而踮著腳走。
[2]　揜: iap,藏、遮掩。

我只好攑頭問海鳥，只聽伊啾啾叫：

「禁止泅水，莫侵入我的身軀 ！」

天欲光，心頭彼葩小燈，強欲化去³ 矣。

---

³　化去：hua—khi，燈火熄滅。

大海 023

大海我閣來 ànn。

汝看，佇我頭前閣頭前的進前，愛情一步一步伐過去，一跤是水，一跤是沙。

大海上知影，恁的愛情一爿是危險，一爿是幸福。 Gông-gông 的跤步啊，敢知大海的進前就是退後？敢知眠床年久月深已經塌一窟？

大海上知影，幸福或是無幸福的一對，正跤雖然還踏佇眠床，終其尾，總嘛是愛褪赤跤行完伊的人生。

彼時陣，大海 ànn，汝暝日的經識，勝過恆河億萬沙！

大海 024

大海我閣來嘍！

今仔日天拄光，琴箭孤絕風神子佮黑雲蓋世呼神王，約佇汝的厝頭前決鬥。

恁的約束是，啥物人先消滅日頭，就取得勝利。

大海汝看，這敢會是一場天昏地暗，日月無光的好戲呢？汝看，風神子挼[1]開伊的琴弓，千箭萬箭對日頭射去。呼神王舞弄一身軀的刺毛刀，想欲將日頭消滅佇水底。

---

[1]　挼：giú，拉。

只是日頭笑微微，一點仔嘛無 tsún-būn[2] 著。伊親像咧講，寬寬來，等恁舞甲虛累累，我少可仔發一下功，就欲予恁倒踮土跤喘！一个青暝箭烏白射，一个胡蠅舞屎坯，小丑仔閣想欲假英雄！

大海，汝想這棚布袋戲敢會是真精彩？雖然恁兩箍光溜溜，攏無穿布袋。

---

[2]　tsún-būn ：不安的感覺。

大海 025

大海我閣來了

透早，日頭公就 tshuā 伊的貓霧光¹ 來散步。岸邊，彼支紅旗竿已經倒佇土跤喘。哎，佇風中顫三十工矣，還無變大竿。我看著紲有一點仔同情。

毋過，日頭公共我講：天上天下攏全款，該汝的就汝的，無該汝的，綿死綿爛嘛無路用。毋免煩惱遐濟啦，汝看，大海已經絞一堆綿絲（花）糖共安慰，等下輾輾 e 就一大葩矣。

大海，汝想，日頭公是講詼諧，還是，用詩句咧開示？

---

¹　貓霧光：bâ-bū-kng，曙光甫現時。

大海 026

大海我閣來唒。來招汝啉咖啡。

咖啡是千年咖啡，面頂崁一層千年雪。

雪花是千年雪花，裡底有千年的代誌。

咖啡杯有汝的喙，我的耳。

每啉一喙，佇汝的喙瀾內底，我聽著出世進前喘氣的聲音。

彼是我的小海，伊有一條大溪，流向前世的前世的前世……

咖啡豆是前世傳落來的豆，面頂的雪是一蕊一蕊的花。

咖啡花，油桐花，茉莉花，七里香，李仔花，白梅花，浪花……

滿四界白雪雪的記持，生命中白雪雪的代誌。

前世今生。

彼條大溪，今生就迴向汝……

大海，咱來啉一杯「浪花問咖啡」。

關於愛情呃，千年雪瀉落萬年海，是啥物款的代誌？

大海 027

大海我閣來了

這次位城北入來。大海

北門是長橋，城外風真透

一支宣佈獨身的旗篙，大海

旗頭顛向旗尾，賭毛蟹陪綴

這擺騎跤踏車，攏無幹頭，大海

我的愛情漂浮佇城頂，自動輪昨暝

就暗暗仔泅出去矣！大海

大海 028

大海我閣來哩。

已經誠濟工無來，汝毋通對我感冒。

因為我感冒發燒，起交懍恂[1]，歸身軀軟荍荍[2]。

大海，跤尾若蓋無著，冷氣吹傷雄，

真容易感冒。大海，汝攏袂感冒，敢有啥物撇步？

大海，我麗佇眠床看小說，看甲頭殼冷冷閣燒起來。

我嘛想欲寫小說，寫大海……

---

[1] 交懍恂：ka-lún-sún，身體因害怕或寒冷而發抖。
[2] 軟荍荍：nńg-siô-siô，有氣無力的樣子。

位頭殼心寫甲跤底皮，位喉臂寫甲尾胴骨，

位胸坎寫甲腹內，寫甲心肝穎啊！

大海，我已經感冒幾若工矣，我 tshǹg 鼻 [3] 的稿紙攏是故事的痕跡，

一步一步，親像大海的哀傷。

---

[3] tshǹg 鼻：撐鼻涕。

大海 029

大海我閣來矣。

這次咱佇白沙屯相見。

長 lóng-Sòng 直溜溜的海岸線，伐甲跤酸。

比安平港閣較幼白的海沙，行過無跤蹄號。

大海，我佇遮行一下晡，

啉真濟海風佮日光，醉茫茫。

火車頂有人歆頭，親像咧講：

啊，佗位流浪來的紅關公？

大海 030

大海我閣來矣。

聽講幾若千冬前，佇汝面頂有一粒大玉石，浮出水面，純淨無瑕，美灩似滴。

隨歲月流轉，愈來愈濟外來的苔蘚逐過來，一百冬一千冬……疊佇身軀頂。

紅色的苔蘚橙色的苔蘚黃色的苔蘚綠色的苔蘚藍色的苔蘚靛色的苔蘚紫色的苔蘚……層層疊疊，原住的純淨美灩的玉石，紲變做烏崁崁的小島嶼。

佇底層的玉石喝出的抗議，像海咧吼，一湧閣一湧……一年閣一年……

終其尾，遮面頂的攄愛向下面的道歉，紅向橙向黃向綠向藍向靛向紫，向深海，一聲閣一聲……

大海呵，雨後的彩虹已經媠瑭瑭攤開佇汝面頂。

佇汝下面也若親像有一種深沈的回響：逐家免自責啦，統要緊的是，還阮本來面目，一粒純淨無瑕美灩似滴的大玉石。

大海 031

大海我閣來矣！

聽講上帝若關一扇門，

就會開一口窗，真正有影！

頂个月地府的門拄關掉，

這个月天庭就開窗矣！

汝看，雨神千萬个分身做一下拚¹落來！

恁將一寡人間的沙屑沖甲清氣清氣，

恁賜咱食賜咱啉賜咱洗浴，賜萬物成長，

閣賜咱有魚兼有蝦！

---

¹　拚：piànn，大量瀉出。

毋過，頂一輪的好兄弟四界有人請，

這一回的雨神家族紲無人辦腥臊！

大海呵，汝敢是捌聽雨神講過，

陽間普遍驚死，所以會較 gâu

扶[2] 歹人！

大海 032

大海我閣來喇！

較早人講，娶某前生因後，買獎券較 gâu 著。這馬的人，講風颱前大雨後寶貝較濟。

汝看，惣挨挨陣陣，用行的，騎オートバイ的，駛 Benz 的…………，攏來矣。

惣欲揣的生物毋是上帝創造，而是電腦神的傑作。叫做 Pokemon，四界趖，有時佇路面，有時徛公園，有時踮山頂，閣有時覕海邊。

大海，二十一世紀的電腦神福音敢若勝過上帝。不而過，嘛會惹出禍端。聽講若予伊電著腦，就會天昏地暗，冥冥渺渺，末日欲來全款！

大海 033

大海我閣來矣

這回咱約會的所在，三鯤鯓

是幾若百歲的海翁

伊的聲音誠清涼，動作幼 mī-mī

伊將歲月藏佇腹肚底，伊猶原

是青春的情人

大海敢知影，汝內心的彼片光明

是伊幸福的網紗

汝予風雨磨出來的珠淚

是伊紩[1]一身軀的鈕仔

這鈕仔無唙鈕，網紗也隨時裭開

歡迎位四方八達來到的

溫柔的目神

大海，毋通嫌我講話傷膨風唷

逐工伊的龍涎香[2]若抹佇柔軟的尻脊骿時陣

連日頭公嘛會神神、迷迷

位天頂跋落來！

---

[1] 紩：thīnn，縫。

[2] 龍涎香（Ambergris）：一種偶爾會在抹香鯨腸道裡形成的臘狀物質，早在九世紀時的伊斯蘭世界就是貴重商品，用作薰香、催情劑、香料與特殊藥材等，當時龍涎香被視為一種神祕的物質。（節錄自維基百科）

流浪 1

沙轆的紹連老師

送我時間的零件 [1]

齊齊 [2] 揹佇尻脊骿

行過新埔海岸線

（雄雄，海風翻開冊皮讀出聲：

總在這一刻，感謝暗夜裡的神！）

---

[1] 時間的零件：蘇紹連詩集。
[2] 齊齊：tsiâu-tsiâu，全部。

流浪 2

白沙屯的神像一尊一尊顧佇海邊

強欲登陸的水鬼一湧一湧退落去

我一步一步行袂開跤，一回一回

越頭，捽目尾，共「鏡頭回眸[1]」

釣上岸（這是一个無跤蹄號的中晝）

彼是一尾一尾活靈靈的攝影佮詩

的思維，佇曠闊的陸海空中間，

---

[1] 鏡頭回眸：蘇紹連著，全名為〈鏡頭回眸：攝影與詩的思維〉。

大大下躘²起來！

2　躘：liòng，躍起。

輯二　大海我猶閣來矣

墾丁帆船石附近珊瑚礁海岸　王羅蜜多攝

大海 034

大海我閣來矣。

這站對頭殼髏出來的文字，四常佇胸坎爬來爬去，所以袂得通來相見。

大海汝的月眉原在遐呢仔媠，波浪原在白 phau-phau，灘沙嘛是幼麵麵。閣有，一抱竹籠仔徛挺挺，托上天。貴氣，無輸台北的 101。

毋過我上煩惱的是，無根的吐血絲沓沓仔網住馬鞍藤，無自然的棚寮恬恬仔 tshāi 倚汝的腹肚邊，閣有，汝兄我弟相招烘肉去。

大海，若是按呢，我寧可定定落雨天。

大海 035

大海我閣來矣！

這站有人佇汝的身軀做藝術，聽講人聲喊喝，誠奢颺[1]，較緊來看覓。

大海，我知影，魚會發光，船會發光，星嘛會發光，毋過這擺 in 欲發的，是人的光。

恬恬，勻勻仔趖過一葩閣一葩攝魂的閃光燈，我毋敢留落來半个跤蹄號，恐驚傷著汝的身軀。汝是披著新娘的網紗，白雪雪幼麵麵，海神疼愛的公主。

---

[1]　奢颺，tshia-iānn，擺排場出鋒頭引人注目。

大海，行過一道一道的光，我看著幾若百支長躼躼烤漆的炙針，刺入汝胸坎，一粒 gàn 鋼[2] 粗重的泡仔囥佇汝肚臍頂。人，kheh 來 kheh 去，閣佇面頂幌轆轆。大海，汝無哀半聲，原在文文仔笑，輕輕仔唱彼條百年的老歌。

大海，上濟人溢去彼隻白馬的身邊，有人想做白馬王子，有人欲揣白馬王子，in 佇四周圍轉踅，激姿勢，試情關。不過，我誠清楚，大海的白馬王子，毋是人，是海翁。

大海，佇汝的身軀頂，人佮狗的跤蹄相創治，一簇一簇的馬鞍藤紲蔫去。看向北爿，彼座用漂流的竹箍仔，kih 起來的尖塔，內底有大海自然的心，日日夜夜，向上禱告，是偉大的藝術。

我楞楞看甲日頭公歇睏，看甲無人影，才甘願離開，親愛的大海。

---

[2]　gàn 鋼，把金屬加熱至通紅，再浸入水中急速冷卻，以增加硬度。

大海 036

大海我閣來矣

這擺是對夢中，躘出來

汝是美麗的少女

穿白色洋裝等候情郎

我是歷盡風霜的老狗

跤浮浮，汝敢看有？

我聽候泅入汝的夢

就會回轉飄撇的少年家

吠聲中，溫柔的話語

汝敢聽有？大海……

大海 037

大海我閣來矣！

三月痟媽祖，規的島嶼攏絞滾起來。

海邊媽，山頂媽，市內媽。金面媽，紅面媽，烏面媽，白面媽，皮膚色的媽祖攏目睭金熾熾，炤出無限的慈悲。

島嶼的人也親像海湧，溢向媽祖婆，接神轎，軁轎跤。海湧對沖的時陣，濺起陣陣的海花。敬拜大海的守護神，是幾若百冬來的傳統。

三月痟媽祖，白沙屯拱天宮大媽代表出巡，也向南方出發矣。

大海唱出美麗歌詩，海魚浮頭呼觱仔[1]，大棋仙佇海埔挨絃仔，海鳥佇天頂飛舞……盛大起駕的場面。

伊按算十日九暝，去北港進香，一湧一湧的人潮，數里長的滾絞龍，綴媽祖掰開紅塵，一路絞向南方。

白沙屯的媽祖是自由派，行東西幌南北，香丁跤嘛綴伊自由行。伊傱入修車廠的小辦公室，神過轎袂過，閣退倒出來，換揣火鍋店駐駕過暝。

---

[1] 呼觱仔：khoo-pi-á，吹口哨。

火鍋店神光閃閃，人聲喊喝，火鍋逐鼎攏滾起來。今年，頭家著大獎，逐个
人客攏著大獎，笑哈哈。

大海，汝原在暝日唱懷念的老歌，開媠氣自然的浪花，等待伊回駕，倒轉來。

大海 038

大海我閣來矣！

逐工剾，暝日洗，汝凡在珍寶滿腹內。

大海，幾冬來，幾若个藝文界的朋友過往去，60 捅歲。

大海，in 攏誠拼勢，暝日一湧一湧溢向沙埔地，向望青翠美麗。

只是汝，逐工剾洗家己，剾洗時間佮歷史。

「大江東去。浪淘盡。千古風流人物。」一千冬前的話，這馬猶閣剾洗袂去。

今仔日，巴黎的聖母院發火，烏煙滾上天頂，千年世界文化遺產受重傷，鐘樓怪人的故事也像煙黗仔四界飛。

大海，早起，汝的腹內雄雄大力絞滾，嘔出一把青翠美麗的海菜。

透中晝，日頭公行過，伊的青翠紲沓沓仔沕落塗跤底。

大海，汝原在一湧一湧咧洗家己，規腹內的珍寶猶閣好勢好勢。

汝拍算按呢相續萬年萬萬年？是無，大海。

大海 039

大海我閣來嘞！

有時陣顛倒妄想，就來揣汝敨氣[1]。

大海敢會眠夢？

逐時看汝身軀頂的網紗，kiat 千萬粒的幼鑽，閃閃爍爍。到了黃昏，閣飛上天，做新娘衫，幔佇雲尪頂。雲尪，是上 gâu 變心的愛人。

蠓罩，古早熱鬱的記持

魚網，侵略大海的武器

網紗，嫁尪的好日子

---

[1] 敨氣：tháu-khuì，抒發情緒。

袈紗，出家人莫妄語

亂夢，未織就結規毯……

大海，我夢見結規毯蝛佇汝身邊，網仔捲做一尾長騺騺的雨傘節。

這尾鰡，無毒袂咬人，無舌袂開喙，無骨無 sut，袂旋來旋去。

大海，毋驚汝笑，只是詼諧的夢爾爾。

昨昏半暝，電風傷強傷泠，我共烏白花的被單捲起來，餎 [2] 潤餅。

潤餅按怎變做雨傘節 ？ 想無。

---

[2]　餎：kauh，夾進、捲入。

這个夢，無成功失敗，無奢颺落氣，嘛袂變做有價值的文字。

只是，牽來予汝趣味。大海。

大海 040

大海我閣來啦

大海，敢知影

遠遠的觀音

白沙岬燈塔

金金相汝

一百十七年

任汝咻任汝吼

任汝，嚨喉破

恬恬恬恬啊

無代誌

一百十七年

極加是

毋甘的眼神

眨眨 nih

閣來啦，大海

大海 041

大海我閣來矣

大開發的時代

聽講誠濟人的喙空

嘛有一个小海

病貪的慾望瀉落來

囂俳的大船駛入去

無偌久

伊的喙齒就蛀去

抽神經，毋知痛

閣無偌久

伊的齒岸逐時孵膿

濫落去喙瀾

大海，惜別的海岸

我已經毋敢聽

干焦知影，血脈疼痛

不時搐 [1]…… 搐彈

---

[1]　搐：tiuh，抽動。

大海 042

大海大海，我閣來啦

耳空 tu 倚來，聽我細聲講

佇這个痟政治的世界

真濟人面腔，有一窟大海

海神徛目眉，託夢 niáu¹ 一下

親像做風颱

水遮爾仔深，湧嶄然仔大

若無水鬼的功夫，千萬毋通

跳啦，大海大海

---

¹　Niáu：眼睛突然往上看一下。

大海 043

大海我閣來矣

逐擺，泅離開汝的心臟

手摸胸坎，猶原噗噗惝[1]

拄才，彼个妖嬌美麗足 gâu 扭尻川花

規身軀毒毒毒的海蛇姑娘

毋知有綴來無 ？大海

---

[1] 噗噗惝：phok-phok-tshíng，噗噗跳。

大海 044

大海，我閣來矣！

大海，汝暝日伫我的頭殼轉踅，涝流漲流，溢來溢去。親像神共我洗淨。

大海，我生命的溪溝，有時死水，有時掣流[1]。溪石傷痕密密是，花巴哩貓，仙洗洗袂清氣。

毋過，大海，總有一工，汝會洩落我的胸坎，流入坑谷。汝就會發現一支倒插的胸坎劍骨。敢若千年鐘乳石的劍骨，是我的元神。佇坑谷內，元神不時在在，毋驚做風颱。

大海，人生海海，汝的神，敢會當愛我的神？

---

[1]　掣流：tshuah-lâu，激流。

大海 045

大海我閣來矣

答答滴滴的天氣，有時風有時雨。

這个島嶼，原在佇汝的洗禮佮歌詩當中，骨力拍拼，安心睏去。

汝有時洗出沙，洗出石，洗出奇形怪狀的海埔，攏是神意。

汝有時洗出險惡，洗出戰爭，洗出阿里不達的人。這敢是真正的汝？

大海，當汝揀上最高潮，大聲喊喝的時，佇島嶼山頂尾溜彼粒金爍爍的目睭，敢是一直咧看汝？

大海 046

大海我閣來矣！

大海我問汝

敢會逐時愯神[1] 愯神

浮佇天頂看家己？

---

[1] 愯神，seh-sîn，神情恍惚。

大海 047

大海我閣來了。

大海汝敢知，我定定想欲造一个文字的城堡佇汝身軀頂。

毋過見擺舖平就流去，疊懸就崩去，終其尾，連一面牆仔都造袂成。

大海，汝敢知，這个計劃已經放棄矣。

這馬我拍算，順汝的水痕寫字，應汝的水湧疊字，綴汝的水聲唸歌詩。

這个水上城堡換來起踮我心內，大海。

大海 048

大海我閣來矣！

四月桐花季，誠濟人去樹跤等落雪，排兩粒心偎做伙。

阮原在來看汝的千年花，萬年雪。

大海，佇汝的雪花坎過的腹肚尾，我看著兩跤淺拖仔。

一跤粉紅色的，愛用跤盤拖。一跤藍白色的，著用跤指頭仔拖。

原底拖 in 的跤，毋知佗位去矣。 In 拖磨的痕跡，也無去矣。

兩跤淺拖仔，離三尺，無偎做伙。一跤想欲走，閣躊躇頓蹬停落來。

in 就按呢，保持這款姿勢，任日曝雨淋遛皮含梢，攏無離開。

大海，這敢是上蓋特別的山盟海誓？

毋過大海，另外彼兩跤離開的，這陣是手牽手去看四月雪，排兩粒心？

抑是，綴風去飄撇，隨人颺颺飛？

大海啊！這汝敢會曉解釋？

大海 049

大海大海我閣來矣！

島嶼的母親，汝千年不變，一勻一勻揀過來的喙瀾，攏是母語。

準講誠濟海港的彎幹，加添無全款，風的聲音。大海，島嶼的母親，汝的喙瀾，DNA，永遠袂變換。

大海，汝的子宮有臍帶參我相連，我腹內有一窟全款的大海，我流出來的一港溪水，有汝的喙瀾，DNA，永遠袂變換。

大海，島嶼的母親，毋管海上風雲變化，毋管捕掠的殺氣重重，汝原在暝日佇阮身邊轉踅，元氣飽滇，咻阮起床，輕聲細說，唱安眠曲。

大海，汝的安眠曲嘛是母語，佇阮的夢中，是蓋嬌氣的波浪。

大海 050

大海我閣來嘞

來招汝泡茶

尾暗的鳥隻颺入金色被空

挨弦仔的大椏仙覕落洞窟

馬鞍藤紅 huánn 的面腔也

頕落去，沙微沙微

大海，汝嘛小可歇睏一下

來，咱招日頭公做伙泡茶

我坐落來，學茶鈷的姿勢

大海，汝熱情的湧灌落天靈蓋

流落我空虛的胸坎內

大海，汝疼痛的歌詩，逐个音符

一心兩葉，浮游佇我的小海

大海，我滾起來的觱仔[1]聲

汝有聽著無？

大海，我沖一泡烏龍茶

共鳥趖趖的悲哀园落去

---

[1]　觱仔：pi-á，哨子。

汝攏袂齷齪 [2]，顛倒笑哈哈

我換一泡清芳的白茉莉

汝招日頭公做伙鼻

汝講人生海海，一湧揀出去

一湧連鞭閣再來

大海，我知影

泡茶毋通計較傷濟

直直沖沖沖，終其尾

變做無味的茶

---

[2]　齷齪：ak-tsak，煩躁。

也是順其自然

春夏秋冬攏是好茶

來看大海嘛免選時陣

毋管好天歹天透早尾暗

漲流洘流高潮低潮攏是

美妙的大海

大海，日頭公要緊欲轉去矣

咱做伙敬伊一杯茶

歡迎明仔載閣再來

大海 051

大海我閣來矣 ！

今仔日招鐵馬來揣汝。

有人講,鐵馬食著大海的瀾,就流出鹹澀的汗。

毋過大海,這隻鐵馬佇阮阿爸的時代,做過日本兵,經過大爆擊,歷盡滄桑苦楚。雖然喙齒落了了,生銑遛皮,原在是勇健的馬。

這隻馬嘛是小說寫的,藏佇樹尾幾若十冬,綴樹欉登上高峰的馬,是毋免糧草就足 gâu 走的馬。

大海,汝敢知影,這站的馬,食汽油的誠奢颺,sńg-sńg 叫,佇馬場的,串是予人牽咧激姿勢?

大海,可愛的馬,這陣牽我向前行。越頭看,漂浪的人生遛遛過。

大海 052

大海我閣來矣

大海，咱逐時相相，汝相甲神神，一千惢目睭沙微沙微。我相甲浮浮，面腔親像大海。

大海，雖然日頭公看袂慣勢，直直睨[1]，咱嘛是愛閣相落去。

---

[1] 睨：gîn，眼睛瞪著看。

大海 053

大海我閣來矣

汝賜阮水賜阮鹽賜阮無限的，海洋的珍寶。

鹽分地帶有汝的料理，文化鄉土有汝的滋味。

咱的文學，咱的歌詩，會一直唱落去。大海。

大海 054

大海我閣來矣！

向西向西閣向西，有毋知名字的鳥仔，咬一葩浪花，向袂記哩名字的人飛
過來。

大海，我來矣！

汝的額頭有一稜有（tīng）硞硞[1]的堤防，我請海風用歌詩吹予軟略。汝的面
腔有一坵拋荒的沙埔，我共浪花種落去，連鞭變一个美麗的花園。

---

[1]　有硞硞：tīng-khok-khok，堅硬狀。

鳥仔，汝是大海的使者，是水鳳凰。向望佇花園百花開的時陣，閣來見面。
約踮向東向東閣向東的所在，不見不散。

咱的約會，請大海做證。

澎湖海邊的咾咕石牆／王羅蜜多攝

大海 055

大海，我閣來啦

汝看，沙崙頂彼欉吐血絲，穿金黃色長洋裝，逐工海呀海呀，船呀船呀，等情郎。

伊的頭毛予海風吹甲像痟雞婆，伊的珠淚湮出一窟水。

汝斟酌看，伊的愛情敢是有各樣。比如花開一半就結子，比如看著咸豐草、海埔姜，隨走倚來，繏[1] 頷頸，絞身軀，予人袂喘氣。

規海邊的花草攏掉狂矣，汝看欲按怎？大海

---

[1] 繏：sńg，勒緊。

大海 056

大海，我閣來矣！

逐暝徛佇汝的眠床邊，目睭眨眨 nih，予放浪的船隻靠岸的方向。

大海，伊的目睭有神。

毋過，大海汝敢知影，伊是一个悲情的燈塔。

汝看，規島嶼的燈塔，逐个規身軀圓 kùn-kùn，白雪雪，妝甲嬌噹噹。印佇觀光手冊，親像舞台頂的 MODEL。

干焦這个燈塔，瘦枝落葉，黃 phi-phi，無一點仔妝娗 [1]。

大海，汝敢知影，伊有一站踮水中央咇咇掣，倒落去。落尾佇沙崙彼爿復活。

---

[1] 妝娗：tsng-thānn，化妝，打扮。

這陣，伊原在用悲情的目睭看汝，金金相，眨眨 nih。我嘛是用悲情的目睭看伊，金金相，眨眨 nih，大海。

大海 057

大海我閣來嘞！

逐時來，我知影汝中晝箍白銀，尾暗披黃金，有時閣鑽石規厝間。

不過，日頭公的法術若退去，這一切就攏是夢幻泡影。

大海，天頂的鳥隻，歇佇一枝樹椏，一个岫。水底的魚仔，徛踮一个石頭縫，幾葉仔海草，從來袂想欲粒積財富。

干焦人，四常肖想金銀珠寶像山遐爾懸，城堡土地對山邊迥到海岸。

毋過終其尾，嘛是鳥隻自由飛，魚仔逍遙泅，生活較快活，汝講著無？

大海 058

大海我閣來矣！

大海，昨暝想欲用一句話，來呵咾汝的美麗，想攏無。

佇眠床頂捙來捙去，袂落眠。

忽然間……

腦海中有一道水沖洩落來，心內彼粒大石頭，水花濺甲規胸坎內，閣走向全身的大溪，小溝，流出指頭仔尾。

無偌久，規个房間變做大海，我身軀輕莽莽，浮佇頂面，爽甲欲死。

大海，汝的美麗，媠甲欲死！我終於了解。

大海 059

大海我閣來矣 ！

我知影汝的嬌，袂使干焦用目睭觀看。

愛用心，用規个人生，去領受，去洗。

大海 060

大海我閣來矣！

看著一逝歪歪斜斜 [1] 沈重的跤步，向汝參雲的佮（kap）界，行去……

遐是啥物款的飛機場，敢愛辦出入境登記？遐的雲煙水湧有幾億萬年？

閣再講，彼道茫茫渺渺，浮浮搖搖的雲路，的光，是欲炤去佗位？

---

[1]　歪斜：uai-tshuah。

大海 061

大海我閣來囉！

今仔日有誠濟人手，來抾石頭。

in 足斟酌的搝石頭內底的海，流出來的奶水。毋過，in 攏無了解，彼本底就來自大海。

我嘛知影，抾轉去的石頭，極加會當心肝頭焐燒燒，無法度共拍開，看著大海。

閣再講，in 若敢用汝的頭殼擎，用汝的奶水 hiù；生命中彼窟大海，就會起病，淹沕家己。

海邊的石頭毋好抾，我有聽汝的交待。大海。

大海 062

大海我閣來矣 ！

看，汝的身軀邊有一个浮浪貢。

伊予汝挨來揀去，漂浪的歷史毋知幾百年。

伊毋是佗一國佗一族，伊屬於日頭、大海、風湧佮海沙埔。

伊的皮膚有鹽，目睭有火，面腔有風。

伊規身軀雷公寫的歌詩，是我心內的爍爁，自然的底蒂。

咱來唸看覓好無，大海。

大海 063

大海我閣來矣！

我有時神神，坐甲像肉粽角

汝就用湧試探，掖花戲弄

瞌牢牢的目睭毛有振動無

坐在在的身軀有浮浮無

大海，汝敢知影

我神神的時，想欲坐予無角

坐予無肉，坐予賰一片粽箬[1]

---

[1] 粽箬：tsàng-hah，粽葉。

漂流，漂流……

漂向內心上空虛的所在

揣汝的元神，大海

大海 064

大海我閣來矣！

今仔日，車窗目頭結結，handoru 面腔陰陰，点仔膠身軀滯滯[1]。這款的天氣，大海我來矣！

大海，看汝全身無力，凡在一湧一湧，共予人涅甲虛累累的沙埔，挲平平。

大海，佇這个烏陰的日子，我紮詩冊〈日頭雨〉來矣！我讀詩，一句一句像唸咒，我剁詩，一字一字掞向天。

大海，天公伯仔若有感應，毋管好歹日，總會開目，予日子光鮮起來。

---

[1]　滯滯：siûnn-siûnn，濕濕黏黏。

我的〈日頭雨〉，雖是少人愛看，毋過，用來祭天，應該袂穤。

大海，汝看，天公伯仔開一目矣！

大海 065

大海我閣來矣！

汝，對雲頂降落

汝，踏水湧奔走

汝，跳上海沙埔

無張持，跋一倒

大海！大海……

我 Peh 起來

拌掉身軀的塗沙

抾著一支小雨傘

（大海，汝是按怎）

台南安平觀夕台附近海岸／王羅蜜多攝

大海 066

大海我閣來嘞！

汝胸坎內彼座深層的宮殿

閣直直咧滾洑矣

百五冬前過身的 Andersen

佮統細漢的人魚公主

早就佇天堂相會

in 不時對天頂探頭落來

聽講美人魚性命極加三百歲

阮這馬攏肖想另外四个

大海，in 若閣出現的時陣

請汝偷偷仔講一下

這敢是海洋相思病，大海

大海 067

大海我閣來矣 ！

猶是另外一个熱人

濟濟白雲崁過我的額頭

掩揜無限闇狂的夢

日頭開目炤來，我的

左蕊是死海，正蕊是紅海

鼻空，一个藏古早經卷

另一个园現代經冊

先覺騰雲駕霧，離開矣

走袂去的化做魚蝦

風開門衝出來

經文一字一字絞絞滾

當當迵海的嚨喉空

大水滇滿滿的末日來到

一開喙，痟狗湧橫逆 bok 過

這个虛花的世界

大海 068

大海我閣來矣！

今仔日鐵馬走傷忝，塗沙燒燙燙，閣會咬跤蹄。

朧咧喘矣！

大海，我用步輦 e 迒過馬鞍藤，軁迵風飛沙
來矣！

大海，請汝小等一下，慢且是洘流。

大海 069

大海我閣來矣！

汝身軀邊的跤蹄號，拜一較少，禮拜上濟。

不而過，汝逐工會出手掌平坎坷的過去。

大海，這馬的人，自出世就共跤蹄印佇幼秀的卡片，裱踮古錐的框。

毋過，落塗了就有足濟無仝的跤蹄號。進前、倒退、跙琳瑯的⋯⋯ 無仝的人生就有無仝的跤蹄號。

大海，阮阿母這陣已經無跤蹄號矣！

伊行路留落來的是輪仔紋，逐工，輾向巷道，輾向公園。上捷的，是輾向病院。

大海，佇阿母的夢內底，有誠濟跤蹄號倒退行，行向疏開，行向大爆擊，行向講日語的公學校。

大海，汝嘛是母親，逐工巡視這个島嶼，安搭每一个跤蹄，唱搖籃曲，予大人囡仔睏去。

大海，阮阿母睏去矣，當咧做好夢！伊行佇古早的運河邊，毛尾仔飛起來，喙角翹起來，笑微微。

大海 070

大海我閣來啦！

汝看，日頭已經沙微，彼陣少年家顛倒目光閃爍，用貓的姿勢，將青春扒落胸坎內。

汝敢知影，聽候三更，in 會掠鳥鼠嘅[1] 貓出來走相逐，耍規暝。

大海，in 的神啊，串是日頭落海才會來相揣。

---

[1]　嘅：siânn，引誘。

台南安平觀夕台附近海岸／王羅蜜多攝

大海 071

大海我閣來矣！

汝頭殼頂的雲不時寫批予上帝。一封化去，閣一封。敢是咧訴哀悲？

汝腹肚邊的沙馬仔[1]，千兵萬卒，暝日用土丸仔排字。是想欲講啥物？

我看風湧聽水聲想詩句，敢講是有空無榫[2]的代誌？

---

[1]　沙馬仔：斯氏沙蟹的俗名，沙灘上的短跑健將。
[2]　有空無榫：ū-khang-bô-sún，不合理，不著邊際的事。

大海 072

大海我閣來矣！

汝看，海沙埔，防風林一寡砲壘，海防設施，逐時全時戒備。

這个世界，人守備人。人驚人，驚死人，人比人，氣死人。

人，上大的敵人是人。

毋過大海，汝歡迎每一个海倚來，每一條溪流侵入，汝的腹腸闊莽莽。

大海，檢采逐个人來學汝，共安身，行踏，寫作……的所在，攏當做海。

按呢，心情像大海遐清，身軀若魚仔四界泅，才有真正自由的世界。

大海 073

大海我閣來矣！

汝一卷一卷的冰淇淋

送入我的目睭。消化袂離

姑不而將冰佇翕相機

大海，汝敢知

我逐擺共冰淇淋提出來

就親像攑火把。啖一喙

著起來，熱情連鞭迵腹內

大海，汝敢知

大海 074

大海我閣來矣！

汝看，彼隻船！

日日仔過，無出去也無轉來

任汝咻任汝催，任浮沈

汝講伊是開悟，抑是憂鬱症？

大海 075

大海我閣來矣！

汝講，規个海埔，百萬沙馬大軍逃往何方？

汝看，海工場，海焚化，海掩埋，海電風，海電樹……鬧熱的海城市！

汝想，海城市暝日髒踮身軀邊。龜龜叫，欲按怎落眠？

汝聽，千萬隻的蜅蜅蠘仔，蛄蜅，蛄蜅……咧哭海，敢袂予人肝腸寸斷？

大海，汝欲走對佗位去？

大海 076

大海我閣來矣！

無議量的時，我一逝一逝畫汝，畫甲化去。

有議量的時，我灣灣斡斡寫汝，象形文字。

檢采無起風湧，海水神神，時間茫茫，夢一直無醒。

咱，到底是啥物？

台南安平觀夕台附近海岸／王羅蜜多攝

大海 077

大海大海我閣來了！

風唌講，自創世紀開始，日頭公就厚火氣。

彼時陣，雲尪逐時招欲拍火。無疑悟，汝堅心毋願飛。

致使日頭剌 giah-giah，火氣愈來愈大，一曝幾若百萬年。

風，無目無 luî[1]。雲，不時腫頷。世事真假仙，厚玄機。

大海，汝講敢是？

---

[1] 無目無 luî：形容無知。

大海 078

大海我閣來矣！

聽講較早，Siraya 的 mata 若起跤 lōng，後爿的煙霧滾跤上天，目一下 nih，逐過千里馬。

大海，這陣的走標，食汽油、鬥輪仔，醉茫茫軟跤的，顛倒咻咻叫，飆佇上頭前。

Siraya 猛醒的雙跤是阿立祖所賜，參惡質環境拚鬥的勇士精神。

無疑悟幾百冬來，新時代的偷食步，一睏仔輾過規个世界。位西方向東方，對平地到海邊山頂。

大海汝看，這是進步抑是悲哀？

大海 079

大海我閣來閣來矣！

佇汝闊莽莽的海岸線，我橫橫走，橫橫走

像沙馬仔武士橫橫走馬拉松

走甲怦怦喘，走甲軟跤，走甲大肢管落去

誠爽！

大海，汝就直直講，直直講，愛萬年久遠直直講

直直唱，直直唱……

大海，汝挕過來，無譜的五條線，六條線，七條線

我指頭仔卡嚓卡嚓卡嚓仙彈彈袂離啊，彈袂離

……

大海，汝轟浪 ！鑼聲雄雄一下響

我的褲底齊必裂

全世界，攏恬靜落來

大海，汝的神駕到矣，欲參我的神講話

大海 080

大海我閣來矣！

幾世人進前，我就肖想

無歹日的海

無歹心的海

無歹人的海

無歹銅舊錫歹電風歹電視歹洗衫機

歹電冰箱歹 ootobai 的海

海佇我內底清氣清氣

我佇海內底清幽清幽

這款仙境的

肖想，有時會現做痟狗湧

無張無持，對前世人竄出來

一

躘

跳過八層懸的樓台

大海 081

大海我閣來矣！

有一回，咾咕石問白翎鷥看著啥物

伊講大海闊莽莽，海湧媠無限

咾咕石講，我啥物攏無看著，無看著

就是有看著，有看著就是無看著

咾咕石自稱詩人，串講講佛仔話

交過一堆女朋友，攏散了了

大海汝看，伊的頭殼是歹去抑是發珠？

大海 082

大海我猶閣來矣！

我化做大枻仙¹，相準汝的形影

咔嚓一聲，剪落來

我用目睭點火，拍算將影像燒予汝

毋過，番仔火干焦兩支

拜託，海風小停一下

---

¹　大枻仙：招潮蟹。

大海 083

大海我閣來矣！

今仔日恬恬坐落來

聽恬恬的聲，出入

心肝窟仔。湧

做汝輪迴，免想遐濟

大海 084

大海我閣來矣！

一抱有站節的竹仔，已經恬恬仆佇汝身邊矣！

伊獻祭的姿勢，閣親像聖體櫃面頂的文字。

大海 085

大海我閣來矣！

誠久以來，我的身魂親像一个城市，漂浮佇汝面頂。

大海，這个城市的建築重重疊疊，道路彎彎斡斡，出口茫茫毋知佇佗位。

大海，我的城市想欲靠岸，愛等到底當時？

大海 086

大海我閣來矣！

汝看，一群水筆仔散披披，蝹伶汝身邊！

伊帶魁公拖咧硞硞傱，寫甲大氣喘欶離。毋過伊的文字予物質文明污染去矣！

伊順海口想欲灌入汝的腹內，閣嘔倒出來。

大海，in 到這陣無人收屍，閣予日頭公焐甲金爍爍，汝講為啥物？

輯三　小海我閣來矣

澎湖林投金沙灘／王羅蜜多攝

小海 01

小海我閣來矣

汝一窟一窟，淀滿滿

我一頁一頁翻過去

安怎，攏袂捒出來

小海，汝有一隻海翁

足 gâu 拍滂泅噴水煙

我嘛有一隻海翁

毋但噴水閣兼會 kè-kè 叫

伊，攏毋免食物件

小海，汝住佇阮兜

攏無大風，干焦吹冷氣

安怎，也會起風湧？

小海，汝攏無應我

敢是猶袂曉講話？

小海 02

小海我閣來矣！

汝敢知影，阿嬤有一个大日誌，逐工拆一頁。我攏提來畫尪仔。

阿嬤講，較早阿公掠魚愛看曆日，巡好日子。

小海，我共汝畫佇日誌紙，無畫船仔。我煩惱，天遮爾仔烏，風遮爾仔大，爸爸掠魚還袂轉來。阮阿公是掠魚死的。

雖然爸爸無咧掠魚，我絕對毋予大風雨凌勒汝，小海。

小海 03

小海我閣來矣！

敢若眠夢，汝逐時來我面頭前。

有時佇面盆仔內相相，文文仔笑。有時佇跤桶底，招我坐落去，化做一个島嶼，參汝戽水相噴。

小海，汝寒天燒燒，熱天冷冷，徛秋拉圇仔燒。

我上愛拉圇仔燒，會使拍洴泅，死囡仔骳，無欲上岸。

小海，彼時陣佇我的心肝窟仔，汝是上溫暖的囡仔歌。

小海 04

小海我閣來矣 ！

有時陣汝是一窟會當摸田螺，有路糊壢仔的水。

大人攏講遐有惡夢，毋通蹕落去。

小海，當我行出惡夢，回頭，汝轉大人矣 ！

彼岫夢冬丟仔紲變無影無跡。 in 到底對佗位去 ？小海。

小海 05

小海我閣來矣！

慢慢仔來，小海

這款的鑼鼓聲

予咱回轉較早的

鹽分地帶

咱的跤步踮落來

每一个褪赤跤的囡仔

目睭內攏有小海

恬恬，深深，顯顯

炤向布袋戲台

老和尚，祕雕，千心魔

隨人有走跳的海

彼時陣的小海

綴牛車轆過麻黃仔

褪褲膦，走標

走向曾文溪口看流星

走向蕭壠溪，掕大海

小海 06

小海我閣來矣！

按怎 in 將汝入落塑膠矸

號名離開故鄉的流浪漢

浪子水，敢是汝名字

小海，這擺我閣來

欲共汝掉倒吊

囥轉去母親的子宮內

大海，逿毋免名字

是上原始，純真的所在

小海 07

小海我閣來矣 ！

半暝眠眠，有時會踅轉去細漢時陣，削筆鉛，滴墨水。

汝敢知影，削一攏，湮一滴，就創造一粒小海。

小海恬恬輾，有時行佇手捗的性命線。有時跋落土跤，拍無去。有時回轉去筆心閣再流出來，寫一堆海。

嗨，汝是小海。為啥物逐擺相認的時，我猶閣睏去。

小海 08

小海，我閣再來矣！

翻身，翻身，再翻身，親像一擺一擺挨過來的湧。

小海，佇性命的過程，汝不時會淹。

淹佇頭殼內，淹佇心肝窟仔，淹佇眠床頂。

有時目屎落出來，有時身軀澹漉漉，有時沕入放尿攪沙的時代。

這个時代，**翻身翻身再翻身**。天光，原在仆佇眠床罰寫字。

一字一字挨來挨去，攏是海。

小海 09

小海我閣來矣！

逐時透早眠眠的時機，汝直直浡泡仔，一堆泡仔無仝聲音，無仝語言。

小海，這拍算是神聖參世俗的邊界，是陷落佮開悟的獟疑，是袂磕得的所在。

我予挾著矣。毋知欲 peh 起來，抑是閣再睏去，小海。

小海 10

小海我閣來矣！

聽著汝浡泡仔的聲音，我就來矣！

汝挲過我的頭殼，我捋過汝的胸坎。

泡仔聲沓沓仔飄去天際他方。

小海，我藏水沫走揣汝深沈的內心，

汝滾跤龍旋起哩三十六重天外。

小海，遐是一个神祕、美麗、安靜的所在。

是無隱藏毒邪的伊甸園，咱莫予人知。

輯四　海，我閣來矣

大小海 01

嗨，我閣來矣！

敢講有一个日頭看海大細目的時代？

敢講有一个海稽考啥物溪才會使流落來？

我的母親，我的海。

大小海 02

嗨，我閣來矣！

大海講看袂著小海

我的腦海嘛講

看袂著心肝窟仔

汝直直想，想甲出火

我擛頭看，看甲濆水

檢采咱攏 tènn 予

神神浮浮，四界遊

嗨，原來大海是小海

心肝窟仔是腦海

大小海 03

海，我閣來矣！

行過海的身邊，褲跤喙開開，就軟著海。

海，汝的喊喝順血脈迴去心肝窟仔，叫出深沈的回音。

有（tīng）硞硞的聲，已經沓沓軟略矣。

海，趁這陣滇流，咱來唸一條沖沖滾的歌。

這條歌，用咱的身軀轉經綸，永遠唱袂煞

話尾　大海，我欲來去矣

新竹新豐鄉紅毛港／王羅蜜多攝

海 00

大海，我欲來去矣！

我共 100 首詩园佇矸仔內，送汝

這款的瓶中詩，會當漂流甲底時？

語言文學類　PG2484　台灣詩學同仁詩叢06

大海我閣來矣

作　　　者 / 王羅蜜多
主　　　編 / 李瑞騰
責任編輯 / 陳彥儒
圖文排版 / 蔡忠翰
封面設計 / 劉肇昇

發 行 人 / 宋政坤
法律顧問 / 毛國樑　律師
出版發行 / 秀威資訊科技股份有限公司
　　　　　114台北市內湖區瑞光路76巷65號1樓
　　　　　電話：+886-2-2796-3638　傳真：+886-2-2796-1377
　　　　　http://www.showwe.com.tw
劃撥帳號 / 19563868　戶名：秀威資訊科技股份有限公司
　　　　　讀者服務信箱：service@showwe.com.tw
展售門市 / 國家書店（松江門市）
　　　　　104台北市中山區松江路209號1樓
　　　　　電話：+886-2-2518-0207　傳真：+886-2-2518-0778
網路訂購 / 秀威網路書店：https://store.showwe.tw
　　　　　國家網路書店：https://www.govbooks.com.tw

2020年12月　BOD一版
定價：310元
版權所有　翻印必究
本書如有缺頁、破損或裝訂錯誤，請寄回更換

國家圖書館出版品預行編目

大海我閣來矣 / 王羅蜜多著. -- 一版. -- 臺北市
 : 秀威資訊科技股份有限公司, 2020.12
    面； 公分. -- (語言文學類 ; PG2484)
 BOD版
 ISBN 978-986-326-865-9(平裝)

863.51   109016985

讀 者 回 函 卡

感謝您購買本書，為提升服務品質，請填妥以下資料，將讀者回函卡直接寄回或傳真本公司，收到您的寶貴意見後，我們會收藏記錄及檢討，謝謝！如您需要了解本公司最新出版書目、購書優惠或企劃活動，歡迎您上網查詢或下載相關資料：http:// www.showwe.com.tw

您購買的書名：_____

出生日期：_____年_____月_____日

學歷：□高中 (含) 以下　　□大專　　□研究所 (含) 以上

職業：□製造業　□金融業　□資訊業　□軍警　□傳播業　□自由業
　　　□服務業　□公務員　□教職　　□學生　□家管　□其它_____

購書地點：□網路書店　□實體書店　□書展　□郵購　□贈閱　□其他

您從何得知本書的消息？
　　□網路書店　□實體書店　□網路搜尋　□電子報　□書訊　□雜誌
　　□傳播媒體　□親友推薦　□網站推薦　□部落格　□其他_____

您對本書的評價：（請填代號　1.非常滿意　2.滿意　3.尚可　4.再改進）
　　封面設計____　版面編排____　內容____　文／譯筆____　價格____

讀完書後您覺得：
　　□很有收穫　□有收穫　□收穫不多　□沒收穫

對我們的建議：_____

_____

_____

_____

11466
台北市內湖區瑞光路 76 巷 65 號 1 樓

秀威資訊科技股份有限公司 　　　收

BOD 數位出版事業部

....

（請沿線對折寄回，謝謝！）

姓　　名：_____　年齡：_____　性別：□女　□男

郵遞區號：□□□□□

地　　址：_____

聯絡電話：(日)_____　(夜)_____

E - m a i l：_____